Dominanter Schauspielerin

Herrschaft und erotische Unterwerfung

Erika Sanders

Dominanter Schauspielerin

Erika Sanders

Herrschaft und erotische Unterwerfung

Zusammenfassung

Angies Vater ist Besitzer eines alten Hotels.

Ein großes Hollywood-Studio will im Hotel Szenen für einen Horrorfilm drehen.

Angie wird ihre Idol-Schauspielerin Helga treffen, die eine heimliche lesbische Domina ist...

Dominanter Schauspielerin ist ein Roman mit starkem erotischem BDSM-Gehalt und wiederum ein neuer Roman aus der Erotic Domination-Sammlung, einer Reihe von Romanen mit einem hohen romantischen und erotischen BDSM-Gehalt.

(Alle Charaktere sind 18 Jahre oder älter)

Anmerkung zum Autorin:

Erika Sanders ist eine international bekannte Schriftstellerin, die in mehr als zwanzig Sprachen übersetzt wurde und ihre erotischsten Schriften, weit entfernt von ihrer üblichen Prosa, mit ihrem Mädchennamen signiert.

Index

DOMINANTER SCHAUSPIELERIN ERIKA SANDERS

KAPITEL I

Angies Vater gehörte das alte Hotel.

Es war etwas Kleines. Nur 5 Stockwerke. Es war seit mehreren Generationen bei seiner Familie. Angies Vater lebte dort, während er den Laden führte, und Angie wuchs auch dort auf.

Nachdem Angie kurz aufs College gezogen war, war sie auf der Suche nach einem eigenen Job ins Hotel zurückgekehrt. Er half seinem Vater immer gerne und genoss es, hier neue Leute kennenzulernen. Der andere Vorteil war, dass sie kostenlos in einem schönen Zimmer wohnen konnte.

Eines Tages saß Angie gelangweilt hinter der Theke. Sie liest einen Modeblog auf ihrem Handy, um sich die Zeit zu vertreiben.

Das änderte sich, als ihr Vater mit einem Lächeln im Gesicht auf sie zukam.

„Ich habe eine Überraschung", sagte er.

Sie sah ihn mit einem gelangweilten Ausdruck an. "Noch mehr Besorgungen zu erledigen?"

„Sei nicht sarkastisch. Ich habe große Neuigkeiten und habe auf die Bestätigung gewartet, bevor ich es dir sagen kann. Ein großes Hollywood-Studio möchte hier Szenen für einen Film drehen. Sie haben sich unser Hotel angesehen und entschieden, dass es in Ordnung ist."

Sie war verblüfft. „Wow. Wie kommt es, dass ich davon nichts wusste?"

„Der Regisseur kam vor ein paar Monaten auf Location-Scouting vorbei, als Sie noch auf dem College waren. Es wird ein Horrorfilm."

"Wer ist der Direktor?"

"Weißt du was. Es ist jemand, der anscheinend sehr berühmt ist."

Er legte sein Handy weg und wurde interessiert. "Hmm... Nun, ich habe gelesen, dass mehrere Horrorfilme in der Entwicklung sind. Ist es Nolan oder Fincher ?"

„Jemand namens Le Moreau. Haben Sie von ihm gehört?"

Angies Augen weiteten sich. "Haben Sie Le Moreau gesagt?"

"Ein großer Typ, ein bisschen alt, mit einem dicken Schnurrbart. Er spricht mit französischem Akzent."

„Sehr cool! Ich denke, er ist ein großartiger Regisseur. Einer der besten, die je gelebt haben."

„Das habe ich gehört", antwortete er. „Wie auch immer, ich habe gerade die Bestätigung erhalten. Sie werden nächsten Monat für einen dreiwöchigen Dreh hier sein. Viele Darsteller und Crewmitglieder werden während dieser Zeit auch hier bleiben. Wir werden sehr beschäftigt sein."

„Hervorragend fürs Geschäft. Weißt du, wer darin die Hauptrolle spielt? Jemand Berühmtes?"

Er lächelte. „Eine wenig bekannte Schauspielerin namens Helga.

Augen weiteten sich noch mehr. "Bitte scherze nicht so herum. Ich meine es ernst. Wenn das ein Witz ist, dann ist es nicht lustig."

"Würdest du über so etwas Witze machen?"

"Erinnerst du dich, als du sagtest, du hättest mir ein magisches Einhorn gekauft?" Sie erinnerte sich. „Ich konnte nicht aufhören zu weinen, als ich herausfand, dass es nicht wahr ist."

„Angie, du warst 12 Jahre alt. Das war vor zehn Jahren. Erinnerst du dich noch?"

„Manche Narben heilen nie", sagte sie voller Freude, um ihren liebenden Vater zu quälen, wie es nur eine Tochter absichtlich tun kann.

"Nun, ich sage dir die Wahrheit."

Er griff nach dem Telefon in seiner Tasche und suchte danach. Dann zeigte er Angie ein Bild, das ihn mit Helga zeigte.

„Oh mein Gott", keuchte sie. "Und Helga wird hier bleiben?"

"Sie wird im obersten Stockwerk sein. Das Deluxe-Zimmer."

"Die ganzen drei Wochen?"

„Solange sie hier filmen", stimmte er zu. "Das ist der Plan."

"Kannst du mich entschuldigen, während ich ohnmächtig werde?"

KAPITEL II

17 →

Helga war ein echter Filmstar. Er begann dank einer beliebten TV-Show als Teenager-Sensation.

Jahre später verwandelte sich Helga erfolgreich in eine glaubwürdige Schauspielerin. Er landete große Rollen in Filmen. Sie wagte sich weg von den Komödien, für die sie bekannt war, und konzentrierte sich auf dramatische Rollen. Es dauerte nicht lange, bis sie zu einer Kassenschlagerin und Modeikone wurde.

Es gab einige böse Schlagzeilen über Helgas Diva-Verhalten und ausgefallene Anfragen. Aber es war nichts, wovon er sich nicht erholen konnte. Alles, was sie brauchte, waren ein paar nächtliche Talkshow-Auftritte und sie würde das Publikum dazu bringen, sich in sie zu verlieben. Mit ihrer Persönlichkeit und ihrem süßen Gesicht konnte niemand widerstehen.

Sie war auch lesbisch.

Das war sein streng gehütetes Geheimnis. Nur eine kleine Gruppe von Menschen wusste davon. Helgas Spiel bestand darin, ihre weiblichen Fans dazu zu bringen, ihr sexuelles Gebot abzugeben. Und sie hat nie versagt.

KAPITEL III

Es war der erste Drehtag im Hotel. Helga hatte bereits die Ankunftsszene gefilmt. Stunden später filmten sie eine weitere Szene, in der Helga zum ersten Mal ihr Hotelzimmer betritt.

Der für die Dreharbeiten genutzte Raum wurde vom Filmteam rustikaler umgestaltet. Perfekt für einen Horrorfilm.

Währenddessen beobachtete Angie voller Ehrfurcht, wie ihr Idol arbeitete. Es war ein Traum, die große Helga in Aktion zu sehen. Leider war es aufgrund einer vertraglichen Regelung niemandem außer den Teammitgliedern erlaubt, mit Helga zu sprechen oder sie um Autogramme zu bitten. Wieder einmal zeigte sich das Diva-Gehabe der Schauspielerin.

Nach den Dreharbeiten ging Helga in ihr Luxuszimmer im obersten Stock.

Angie war geblendet, als sie in die Lobby zurückkehrte. Ich konnte immer noch nicht glauben, dass ich einen Film sah, der gedreht wurde. Es war ein faszinierender Prozess. Als begeisterte Filmzuschauerin hat sie es geliebt.

Dann sah er seinen Vater mit einem Stapel Handtücher.

"Wofür sind die?" fragte Angie, die die Antwort bereits kannte.

Er warf einen zögernden Blick zu. "Du weisst."

"Denkst du, ich könnte..."

„Nein, tut mir leid. Regeln sind Regeln. Fans können nicht mit ihr reden. Nicht einmal mit dir."

„Aber ich arbeite hier", widersprach sie.

"Du bist auch ein Fan. Sie will nicht gestört werden. Deshalb liefere ich das persönlich."

Angie stand auf und blockierte den Fahrstuhl. „Ich habe letzte Woche wirklich hart gearbeitet, um das ganze Team unterzubringen. Ich habe geholfen, alle Räume einzurichten. Und als Helga früher auftauchte, habe ich ihr kein Wort gesagt."

"Du machst es mir sehr schwer."

Sie blinzelte. „Ich werde mich von meiner besten Seite zeigen. Bitte?"

„Ist schon okay, Schatz", sagte er widerstrebend und reichte ihr die Handtücher. "Versprich mir, dass du sie nicht um ein Autogramm bittest oder sie belästigst."

Sie nahm die Handtücher. "Ich habe bereits Ihr Autogramm auf der Quittung, die Sie vorhin unterschrieben haben."

Damit drehte sich Angie fröhlich um und ging zum Fahrstuhl. In schnellem Tempo wurde der Knopf gedrückt, um in den fünften Stock zu gelangen.

KAPITEL IV

Er klopfte ein paar Mal an die Tür, bevor er eine Antwort bekam. Die Tür öffnete sich und da war sein Idol. Die Haare der Schauspielerin waren noch nass von einer kürzlichen Dusche.

Einen Moment lang herrschte Unbehagen, als Angie ihrem Idol von Angesicht zu Angesicht gegenüberstand. Ihr Mund klappte ein wenig auf und sie war sprachlos.

„Hallo", sagte Helga. Diese Handtücher müssen für mich sein.

"Ich ... ähm ... ja ... ich denke schon."

Helga lächelte, "Komm rein. Ich gebe dir ein Trinkgeld."

"Ist das erlaubt? Ich meine, hast du etwas dagegen?"

"Ich habe dich eingeladen, nicht wahr?"

"Richtig."

Angie ging ins Hotelzimmer und legte die Handtücher auf einen Tisch in der Nähe. Währenddessen suchte Helga in ihrer Tasche nach etwas Geld.

"Du arbeitest hier?" fragte Helga. "Du trägst keine Hoteluniform."

„Ich bin offiziell kein Angestellter. Meinem Vater gehört das Haus. Ich bin damit aufgewachsen , bei kleinen Aufgaben oder bei der Schreibtischarbeit zu helfen."

"Das macht Sinn. Ich habe mich gefragt, warum ein so hübsches Mädchen wie du den ganzen Tag im Hintergrund stand."

Angie errötete, "Ich bin nicht so hübsch. Zumindest nicht im Vergleich zu dir."

"Sei nicht so streng zu dir. Ich finde dich sehr attraktiv."

Helga gab Angie einen neuen 20-Dollar-Schein, den Angie abzulehnen versuchte, aber die Schauspielerin bestand darauf.

„Danke für das Kompliment und den Tipp", sagte Angie und nahm das Geld entgegen.

"Sag mir, was macht ein hübsches Mädchen wie du, das im Hotel ihres Vaters arbeitet?"

„Nun, ich habe vor kurzem das College abgeschlossen. Ich suche einen Job, aber in der Zwischenzeit bleibe ich hier und helfe meinem Vater."

Helga nickte. "Schön. Eltern sind sehr wichtig."

"So wahr."

"Und wohnst du in diesem Gebäude wie dein Vater?"

"Ja. Kostenlose Unterkunft."

"Wird besser. Dieser Ort ist wunderschön. Du bist eine glückliche kleine Dame."

„Danke", Angie lächelte.

„Was macht hier Spaß? Sitzt du den ganzen Tag?"

„Normalerweise nutze ich das Internet oder höre Musik. Ich bin auch ein begeisterter Fernseh- und Filmgucker. Ich schaue gerne typische Sachen für Mädchen in meinem Alter."

Helga hob eine Augenbraue. "Irgendetwas mit einer bestimmten Berühmtheit, die direkt vor Ihnen steht?"

„Ich bin ein großer Fan von dir", sagte Angie. „Tut mir leid, ich habe meinem Vater versprochen, dass ich das nicht ansprechen würde, aber es ist die Wahrheit."

"Es ist?"

„Ja. Tut mir leid, dass ich wie ein Fangirl klinge . Ich weiß, dass du nicht gestört werden willst."

„Okay", lächelte die Schauspielerin. „Es macht mir nichts aus, mit meinen Hardcore-Fans zu chatten. Vor allem, wenn sie so süß sind wie du."

Angie wurde wieder rot. „Danke. Wenn Sie noch etwas brauchen, lassen Sie es mich bitte wissen. Ich würde buchstäblich alles für Sie tun.

Dieses Mal wurde der Blick in Helgas Augen schärfer, als sie die junge und unschuldige Angie ansah.

"Alles, hm?"

"Ja."

„Weißt du, wir haben hier ein effizientes Filmteam. Aber wir könnten immer zusätzliche Hände gebrauchen. Interessierst du dich für so etwas?"

Angies Augen weiteten sich. "Wirklich?"

"Ja wirklich."

„Klingt nach einem guten Geschäft, aber ich habe buchstäblich keine Erfahrung mit solchen Dingen. Ich möchte Ihren Film nicht mit meiner ungeschickten Anwesenheit ruinieren."

„Unsinn. Komm morgen um 8 Uhr in mein Zimmer zurück. Wir werden uns etwas einfallen lassen. Ich habe vielleicht ein paar Ideen für dich."

In der Stimme der Schauspielerin lag Festigkeit. „Nein" war keine Option. Was die Schauspielerin wollte, bekam sie . Sie liebte Angie. Und es war geschafft.

KAPITEL V

25

Diese Nacht. Angie hatte ihrem Vater alles erklärt. Er war anfangs skeptisch und fragte sich, ob Angie auf der Schauspielerin herumgehackt hatte. Aber sie bestand darauf, dass sie es nicht getan hatte.

Als sie an diesem Abend im Bett lag, konnte Angie nur an ihr Idol denken. Ein Traum wurde Wirklichkeit. Nicht in ihren kühnsten Träumen hätte sie sich vorstellen können, einer berühmten Berühmtheit so nahe zu sein.

Er dachte an das bevorstehende Treffen mit Helga und was es mit sich bringen würde. Helfen Sie mit, einen richtigen Film zu machen? Auf keinen Fall. Könnte sein? Wow.

Das Ganze machte sie unruhig. Er wünschte, er könnte die ganze Situation seinen Freunden anvertrauen, aber das war gegen die Regeln.

Er konnte nur abwarten, was Helga vorhatte.

KAPITEL VI

Am nächsten Morgen. Angie wachte früh auf und korrigierte ihr Aussehen. Sie trug ein wenig Make-up und ihr Haar war zu einem Pferdeschwanz zurückgebunden. Ich wollte nicht zu förmlich aussehen, aber ich wollte auch nicht zu lässig aussehen.

Um 7.55 Uhr wartete er im fünften Stock, bis es soweit war, dann klopfte er an die Tür.

Helga war frisch gebadet, trug ein feines Seidengewand, ihr Haar frisch getrocknet und ihr Gesicht ungeschminkt.

„Ich bin so froh, dass du es geschafft hast", lächelte die Schauspielerin. "Fortfahren."

Angie betrat nervös das Zimmer ihres Idols. Ich hatte Schmetterlinge im Bauch. Er versuchte, lässig zu wirken. In ihrer wildesten Fantasie hoffte sie insgeheim, sich mit der Schauspielerin anzufreunden.

„Weißt du, ich habe viel an dich gedacht", sagte die Schauspielerin. „Ich denke, Sie sind eine fleißige, engagierte Person. Und ich mag Ihre Einstellung. Es macht Spaß, mit skurrilen Menschen zusammen zu sein."

"Das bedeutet viel. Ich gebe immer mein Bestes."

"Ich meine es ernst", erklärte Helga. „Du hast bei allem, was du tust, eine persönliche Note. Du gibst mir das Gefühl, ein VIP zu sein."

Angie lächelte, „Nochmals vielen Dank. Außerdem ist es einfach, da du buchstäblich eine sehr wichtige Person bist."

"Haben Sie über mein Angebot nachgedacht?"

"Auf jeden Fall. Ich würde gerne auf jede erdenkliche Weise helfen."

Helga dachte kurz nach. „Warum setzt du dich nicht vor den Schminkspiegel? Lass mich dich genau ansehen.

Es war ein festes Angebot, und Angie war hocherfreut (obwohl sie ihr Bestes tat, um ihre Gefühle zu verbergen). Sie setzte sich an den Schminktisch und betrachtete sich im Spiegel. Helga stand hinter ihr und sie sahen sich gemeinsam im Spiegel an.

Helga fuhr mit den Händen durch das Haar des Mädchens und band den Pferdeschwanz ab.

„Du hast viele attraktive Eigenschaften", betonte Helga. „Glattes Haar. Glatte Haut. Zarte Gesichtszüge. Und deine Persönlichkeit gefällt mir auch."

Angie wurde rot, "Du bist süß."

„Was macht ein hübsches Mädchen wie du den ganzen Tag in einem Hotel fest?

"Nicht jetzt."

"Aber dein Vater erlaubt dir, Freunde mitzubringen, richtig?" fragte Helga.

„Sicher, es macht ihm nichts aus. Aber es ist schon eine Weile her, dass ich das getan habe."

Helga streichelte weiter das Haar des Mädchens. „Oh? Und was bedeutet das? Ich bin mir sicher, dass du kein Problem damit hast, einen Freund zu finden. Also muss es einen anderen Grund geben."

"Es ist kompliziert. Ich schätze, ich finde immer noch Dinge heraus."

Angie sah, wie die Schauspielerin lächelte, als sie sich beide im Schminkspiegel ansahen. Es war ein verschmitztes Lächeln, das zu Helgas schönem Gesicht passte.

„Ich weiß genau, wie du dich in diesem Alter fühlst", sagte die Schauspielerin.

"Du denkst?"

Helga nahm eine Haarbürste und fing an, dem Mädchen die Haare zu bürsten.

„Sicher. Ich bin ein Mensch, genau wie alle anderen. Und um es ganz klar zu sagen, viele Frauen hinterfragen irgendwann ihre Sexualität. Es ist nichts, wofür man sich schämen müsste."

Angie nickte langsam. „Es ist so komisch, dich das sagen zu hören. Man vergisst leicht, dass Prominente wie alle anderen sind."

Die Schauspielerin beugte sich hinunter und brachte ihre Lippen dicht an das Ohr des Mädchens.

„Unser Geheimnis", flüsterte Helga.

Angie lächelte, als sie sich beide im Spiegel ansahen. "Unser Geheimnis."

„Apropos Geheimnisse", sagte Helga und stand auf, um dem Mädchen erneut die Haare zu bürsten. „Reden wir über meinen Film. Was weißt du darüber?"

„Nicht viel. Es ist nur, dass es ein Horrorfilm ist und die Filmcrew hat ein paar alte Möbel hinzugefügt, damit dieser Ort alt und rustikal aussieht."

"Ist das aufregend für dich?"

„Oh ja", bestätigte Angie. "Ich liebe Filme."

"Hast du jemals The Shining gesehen?"

„Gott, ja. Die ‚Alles Arbeit, kein Spiel'-Szene ist meiner Meinung nach eine der besten Szenen der Filmgeschichte. Insgesamt ist es ein wahres Meisterwerk."

„Ich bin froh, dass du so denkst", antwortete Helga amüsiert. "Weil wir etwas Ähnliches machen."

"Klingt fantastisch. Ich habe keinen Zweifel, dass es großartig wird."

„Dem muss ich zustimmen. Le Moreau will etwas Ähnliches wie The Shining und Coppolas Dracula-Film machen. Es ist also im Grunde ein psychologischer Horrorfilm mit einem starken sexuellen Unterton."

Angie stimmte zu. „Ich kann nur wiederholen, dass das absolut unglaublich klingt. Ich war schon immer ein Bewunderer der Arbeit von Le Moreau."

Die Schauspielerin legte den Pinsel weg und legte ihre Hände auf die Schultern des Mädchens. Sie sahen sich gemeinsam im Spiegel an und betrachteten ihr Spiegelbild.

„Sie könnten in den nächsten Wochen mein persönlicher Assistent sein. Ihnen würden besondere Aufgaben übertragen, um meine schauspielerische Leistung für diese Rolle zu verbessern."

„Ich bin sprachlos", antwortete Angie fast mit Tränen in den Augen. „Wenn du wirklich willst, dass ich dein Assistent bin, würde ich das gerne tun. Du bist der Beste."

"Ich werde alles für jemanden tun, wenn dieser jemand etwas für mich tut. Ich werde Sie auch finanziell für Ihre Zeit entschädigen."

Angie stand auf und umarmte ihr Idol. Es war eine lange und zärtliche Umarmung.

KAPITEL VII

Angie wurde gebeten, eine Vertraulichkeitsvereinbarung zu unterzeichnen. Es war unkompliziert und verlangte von Angie, alles bezüglich ihrer Interaktionen mit Helga vertraulich zu behandeln.

Sie hatte kein Problem damit, es zu unterschreiben.

Den Rest des Tages sah Angie zu, wie Helga einige Szenen drehte. Der Prozess war faszinierend. Es dauerte lange, die Filmkameras und die Beleuchtung zu installieren. Jede Schauspielszene musste mehrmals gemacht werden, um sicherzustellen, dass sie perfekt war.

Angies Vater war nicht da. Er war zu beschäftigt damit, das Hotel zu führen. Außerdem interessierte er sich nicht sehr für den Drehprozess.

Aber für Angie war es eine faszinierende Erfahrung.

KAPITEL VIII

Am nächsten Morgen. Das private Treffen war für 6:30 Uhr im 3. Stock des Hotels angesetzt. Es war der Raum, in dem ein Teil des Films gedreht wurde.

Als Angie ankam, stand die Tür leicht offen und Helga hatte gewartet.

„Willkommen zu unserem Film", lächelte Helga. "Bitte schließe die Tür."

Angie kam herein und schloss die Tür. Er sah sich um und staunte darüber, wie sich der Raum verändert hatte.

Die beiden Frauen tauschten Höflichkeiten für den Morgen aus. Es war kurz und einfach, und auf Angies Seite war immer noch eine leichte Schüchternheit.

"Hat es Ihnen Spaß gemacht, den Filmherstellungsprozess zu beobachten?" fragte Helga.

„Es war unglaublich. Ich genieße es wirklich, mir das Filmmaterial anzusehen. Und ich finde deine schauspielerischen Fähigkeiten erstaunlich. Es war eine wahre Freude, dir zuzusehen."

"Nun, ich denke, es ist endlich Zeit für dich, deine Pflichten als mein Assistent zu erfüllen."

Angies Augen leuchteten auf. "Irgendetwas Besonderes in deinem Kopf?"

„Ja. Dies ist ein Horrorfilm mit sehr erotischer Ausstrahlung. Wie Sie wissen , nehme ich die Schauspielerei sehr ernst. Ich mag es, mich vor Drehbeginn in die Rolle einzuarbeiten, so bin ich viel besser vorbereitet. Vor allem für die wirklich wichtigen Szenen .

"Das macht sehr viel Sinn."

„In ein paar Stunden werden wir einige große Sachen drehen. Meine Figur sieht erotische Bilder in ihren Träumen. Es ist das erste Mal, dass meine Figur so etwas erlebt, also sollte die Szene stark und glaubwürdig aussehen."

"Wie kann ich helfen?" fragte Angie.

„Du musst mir helfen, in Stimmung zu kommen. Nichts Gravierendes. Aber ich möchte, dass du für mich posierst. Nackt."

"Nackt?"

Helga nickte. „In der Szene, die wir bald drehen werden, befindet sich meine Figur in einem Traumzustand und begegnet einem Geist in Form einer nackten Frau. Es ist beängstigend, aber es ist erotisch."

„Ich verstehe nicht. Ich meine, ist es wirklich notwendig, dass ich mich ausziehe?"

„Nun, so bereite ich mich auf große Schauspielszenen vor", sagte Helga. "Ich mag es, ein bisschen zu proben und Dinge herauszufinden."

Angie war verwirrt und schockiert. Sein Gesichtsausdruck war für einen Moment ausdruckslos, als er versuchte, seine Gedanken zu sammeln.

"Ich ... ähm ... das ist so komisch."

Die Schauspielerin schüttelte den Kopf. „Setz dich bitte auf das Bett. Ich möchte nicht, dass du dich komisch fühlst. Ich möchte, dass du dich wohl und entspannt fühlst."

Beide Frauen saßen zusammen auf dem Bett. Sie sahen sich in die Augen und standen sich fast gegenüber.

"Kann ich Ihnen eine kurze Geschichte erzählen?" fragte Helga.

"Ja, natürlich. Alles."

"Mein Weg zum Ruhm war nicht einfach. Und berühmt zu bleiben ist noch schwieriger. Als ich ein junger Star war, hatte ich alles. Möglichkeiten gab es überall. Die Leute verehrten mich. Ich war das Wichtigste im Fernsehen."

Angie hörte aufmerksam zu, während ihr Idol in Erinnerungen schwelgte.

Die Schauspielerin fuhr fort: „Als die Show endlich endete, befand ich mich an einem Scheideweg in meiner Karriere. Damals war ich bereits 19 Jahre alt. Ich war dafür bekannt, das Highschool-Mädchen im Fernsehen zu sein, und plötzlich war ich zu alt, um zu spielen diese Rollen. Ich bekam nicht mehr die gleichen Angebote. Ich hatte Angst, dass meine Unterhaltungskarriere bereits zu Ende geht."

Es gab eine emotionale Spannung zwischen ihnen, als Helga ihre Seele entblößte.

Die Schauspielerin fuhr fort: „Aber ich war entschlossen, Erfolg zu haben. Ich stellte einen neuen Manager ein und befahl ihm, Rollen für Erwachsene für mich zu finden. Ich wollte der Welt zeigen, dass ich eine Macht bin. Ich wollte Dramen machen, um mein Talent als Schauspielerin zu zeigen.", als Künstler. Ich habe viele Male bei Regisseuren und Produzenten angerufen. Ich habe mich gründlich auf jedes Vorsprechen vorbereitet."

Angie hing an jedem Wort, das ihr Idol sprach.

Die Schauspielerin fuhr fort: „Was ich sagen möchte, ist, dass ich alles getan habe, um erfolgreich zu sein. Ich habe um die besten Rollen gekämpft. Als ich eine Rolle in einem guten Film bekam, tat ich so, als wäre mein Leben vorbei. Und die Ergebnisse sprechen für sich selbst." Ich bin derzeit eine der beliebtesten Schauspielerinnen der Welt, unabhängig von der Altersgruppe."

„Das ist so eine inspirierende Geschichte", antwortete Angie mit Tränen in den Augen. „Du bist eine Inspiration für Frauen auf der ganzen Welt. Du bist so talentiert und unglaublich."

„Das ist die Arbeitsmoral, die man braucht, wenn man erfolgreich sein will."

Angie schluckte schwer. „Willst du immer noch, dass ich ... weißt du ..."

„Ich zwinge dich zu nichts. Allerdings brauche ich einen engagierten Assistenten. Wenn du der Aufgabe nicht gewachsen bist, kann ich immer jemand anderen finden.

Angie holte tief Luft. "Das werde ich. Was auch immer du als Unterstützung brauchst."

"Dann steh auf und zieh dein Oberteil aus."

holte tief Luft, stand auf und sah ihr Idol an, das immer noch auf dem Bett saß, wartete und sie beobachtete. Angie zog ihre Bluse aus und behielt ihren BH und ihre Hose an.

"Alles mein Oberteil?" fragte Angie mit schüchternem Ton.

"Gibt es ein Problem?"

"Unterlassen Sie."

Sie griff nach hinten, um ihren BH aufzuhaken, und ließ ihn auf den Boden fallen. Es war schwer, ihre Hände an ihre Seiten zu bekommen, aber sie schaffte es. Sie war sich wegen ihrer kleinen Brüste immer unsicher gewesen. Sie waren winzig mit spitzen rosa Nippeln. Ihre Brustwarzen versteiften sich vor der Entblößung.

„Ich finde deine Brüste bezaubernd", betonte Helga. "Werde nicht nervös".

"Danke."

Jetzt der Rest.

"Alles?" fragte Angie.

Helga zog wieder eine Augenbraue hoch. "Es sei denn natürlich, du willst nicht?"

Angie atmete noch tiefer ein und bückte sich, um ihre Schuhe und Socken auszuziehen. Dann seine Hose. Endlich ihr Höschen. Es war schon eine Weile her, seit sie ihre Schamhaare getrimmt hatte, was ihr ein wenig peinlich war.

Angie war von Kopf bis Fuß komplett nackt. Sie fühlte sich gedemütigt, weil sie vor ihrem Idol nackt war, aber sie hatte das Gefühl, dass sie einem wichtigen Zweck diente.

„Sehr hübsch", sagte Helga und sah das Mädchen an. "Du hast ein seltsames Aussehen, das ich attraktiv finde."

"Danke. Ich wünschte, ich könnte so sexy sein wie du."

„Nun, du könntest es versuchen. Zeig mir etwas."

"Wie was?"

„Alles", antwortete Helga. „Denken Sie daran, meine Figur im Film befindet sich in einem Traumzustand. Und er sieht eine Vision von einem wunderschönen nackten Geist. Also erstellen Sie so etwas für mich neu."

Angie erstarrte für einen Moment. Dann wiegte sie ihre nackten Hüften in einer sinnlichen Bewegung, die ihr albern vorgekommen sein musste, dachte sie. Allerdings brachte es Helga zum Lächeln.

"Gefällt das?" fragte Angie.

„Das reicht. Dreh dich um. Zeig mir deinen Hintern."

Angie drehte sich um und zeigte der Schauspielerin ihren nackten Hintern. Dann fuhr sie fort, ihre Hüften wieder zu schaukeln.

„Netter Arsch", betonte Helga. "Auch gute Moves."

„Ich habe mit einer Freundin Bauchtanzunterricht genommen, aber das ist ein paar Jahre her. Ich bin ein bisschen eingerostet."

„Ich kann es sagen", bestätigte Helga. „Nun sehe ich laut Drehbuch den Geist in meinen Träumen, dann folge ich ihr den Flur entlang und dann die Treppe hinunter in den darunter liegenden Stock."

In der Stimme der Schauspielerin lag eine Ernsthaftigkeit, als erwartete sie, dass etwas passieren würde. Plötzlich wurde sich Angie ihrer Nacktheit wieder sehr bewusst.

„Du meinst ... du willst, dass ich ...“

Helga nickte. „Die Proben sind mir sehr wichtig. Willst du nicht, dass ich gute Arbeit für diesen Film mache?“

"Natürlich ja."

"Gehen Sie in die Halle hinaus. Dann gehen Sie die Treppe hinunter. Ich komme dicht hinterher."

"Ist das legal?" fragte Angie kleinlaut.

„Haben Sie auf nichts geachtet, was ich gesagt habe? Bei Erfolg dreht sich alles um harte Arbeit und Hingabe. Ich bin aufgrund meiner Arbeitsmoral eine internationale Berühmtheit. Und ich erwarte, dass meine Teilnehmer das gleiche Maß an Hingabe zeigen.“

Die Schauspielerin hatte eine Ernsthaftigkeit, die nicht zu leugnen war. Es war eine dominante Seite, die der Öffentlichkeit noch nie gezeigt worden war. Vorbei ist das vertraute öffentliche Bild von Helga. Vorbei ist ihr gutes Mädchenverhalten. Es war ein Blick auf die echte Helga.

Und Angie fühlte sich hilflos.

„Die Leute sind um diese Zeit normalerweise nicht wach. Aber wir schaffen das.“

Helga lächelte: "Das ist die Einstellung, die ich gerne höre."

Mit zitternden Händen drehte sich Angie zur Tür um. Sie wurde sich ihrer eigenen Nacktheit viel bewusster. Helga stand auf und öffnete die Tür zum Zimmer. Auf dem Gesicht der Schauspielerin lag ein schelmischer Ausdruck, der anerkennend nickte.

Es war an der Zeit. Angie wusste genau, was zu tun war. Und auf keinen Fall würde er sein Idol im Stich lassen.

Angie blickte den Flur hinunter. Er schaute in beide Richtungen, um sich zu vergewissern, dass niemand da war. Das Zimmer war leer. Angie machte den großen Schritt und betrat mit ihrem nackten Körper den Korridor.

Sie hörte, wie sich die Tür hinter ihr schloss, während sie ging. Helga folgte ihr. Es war eine erschütternde Erfahrung, als sie nackt den Gang hinunterging. Sein Körper war steif und seine Fäuste geballt.

„Sei entspannter", sagte Helga und folgte dem nackten Mädchen. „Die weibliche Geistfigur bewegt sich langsam und sinnlich. Denken Sie daran, sie ist in einem Traum."

Angie holte tief Luft und ging langsamer und sinnlicher, bewegte ihre Hüften bei jedem Schritt. In der Zwischenzeit betete sie, dass niemand sie sehen würde, besonders ihr Vater. Es war ein schrecklicher Moment. Sein Herz pochte. Aber gleichzeitig versteiften sich ihre Brustwarzen vor starkem Exhibitionismusgefühl.

Schließlich erreichten sie das Ende des Korridors. Gott sei Dank. Aber das Schlimmste war noch nicht vorbei. Noch nicht. Sie trat auf die Treppe, ihre nackten Füße berührten den kalten Boden. Er ging in den zweiten Stock hinunter.

Er öffnete die Tür zum zweiten Stock, nachdem er einen kurzen Blick darauf geworfen hatte. Der Flur im zweiten Stock war leer. Nochmals Gott sei Dank.

Angie betrat den Flur, ohne zu wissen, wie weit sie gehen sollte. Sie ging einfach weiter, nackt, mit ihrem Idol direkt hinter ihr. Es war der peinlichste und ungewöhnlichste Moment seines Lebens.

„Lass uns ins Spa gehen", sagte Helga. "Du kannst dir dort einen Bademantel holen und wir können uns ein bisschen unterhalten."

Nach mehreren langen, langsamen Schritten erreichten sie schließlich den kleinen Spa-Raum auf dieser Etage. Angie öffnete die Tür und sie traten beide ein. Sie atmete erleichtert auf, dass ihr Nacktspaziergang endlich vorbei war.

„Du warst eine große Hilfe bei meiner Vorbereitung", sagte Helga. "Danke."

„Gern geschehen", erwiderte Angie mit zittriger Stimme.

Angie griff nach einem Handtuch, um ihre Nacktheit zu bedecken, aber Helga legte ihre Hand hart auf das Handtuch und heftete es an den Tisch. Sie standen sich gegenüber.

"Wie fühlst du dich?" fragte Helga.

„Ich weiß nicht", Angie zuckte mit den Schultern. „Verwundbar, schätze ich. Das war ziemlich komisch."

"Du magst mich?"

"Es war aufregend, schätze ich. Mein Herz schlägt wie verrückt."

„Das ist eine gute Sache. Da fühlst du dich lebendig, nicht wahr?"

Angie stimmte zu. "Ich denke schon. Ja, du hast recht."

Helga beugte sich vor und küsste das nackte Mädchen auf die Lippen. Angie wehrte sich nicht. Wie konnte er seinem Idol widerstehen? Es war ein sanfter und freundlicher Kuss.

Dann beugte sich Helga hinunter und berührte Angies Lippen. Er rieb sanft und die Spitze seines Fingers ging hinein, nur ein wenig.

„Du bist nass", betonte Helga.

Angie wurde rot. "Es ist von diesem Spaziergang. Es war so ... ich weiß nicht, wie ich es beschreiben soll."

"Mach dir keine Mühe. Manche Freuden können nicht beschrieben werden."

"Was passiert als nächstes?"

„Du machst einen wunderbaren Job als meine neue Assistentin. Aber bei diesem Dreh gibt es wichtigere Szenen zu drehen. Und ich brauche deine Hilfe. Dein Training geht morgen weiter.

Helga ließ das Handtuch fallen und Angie griff danach und band es um ihren Körper. Da war ein weiterer schelmischer Ausdruck auf Helgas Gesicht. Und Angie fragte sich, was die Schauspielerin mit dem Wort „Training" meinte.

KAPITEL IX

43

Ein paar Stunden später erschien ein Model in einem weißen Kittel am Set. Sie war jung und schön. Für den Film wurden seltsame Symbole auf sein Gesicht gemalt. Als es an der Zeit war, mit den Dreharbeiten zu beginnen, zog sich das Model aus und stand schamlos nackt da. Sein Gesicht blieb während der Dreharbeiten ausdruckslos.

Helga hat als Schauspielerin eine schöne Leistung gezeigt. Sie machten ein paar Takes, bis der Regisseur zufrieden war. Als die Szene beendet war, applaudierte die Crew Helga und dem Aktmodell.

An diesem Abend ging Angie zu Bett und dachte über die Ereignisse des Tages nach. Nackt den Flur hinunterzugehen war das Seltsamste und Ungewöhnlichste, was sie je getan hatte. Aber das war es wert. Ihr Idol hatte sie mit Lob überhäuft. Und auf seltsame Weise fühlte sich alles richtig an.

Angie glitt mit einer Hand in ihr Höschen und benutzte zwei Finger, um ihre Klitoris zu reiben. Er rieb weiter, bis er das gewünschte Ergebnis erreichte.

KAPITEL X

Früh am Morgen. Im vierten Stock des Hotels hatte die Produzentin des Films gewartet.

Die Produzentin des Films war eine große, streng aussehende Frau mit einem sachlichen Gesichtsausdruck. Sie war auch eine Vision von reifer Schönheit. Ihr Körper war an den richtigen Stellen üppig und kurvig. Sie bewegte sich mit Raffinesse und Anmut.

Nachdem sie an die Tür geklopft hatte, öffnete die Produzentin sie und sah Angie warten.

„Es ist mir eine Freude, Sie offiziell kennenzulernen", sagte er in ernstem Ton.

Angie lächelte. „Ebenso."

Die beiden Frauen schüttelten sich die Hände und Angie betrat das Hotelzimmer.

Sie tauschten Smalltalk aus. Die Produzentin war voll des Lobes für das schöne Hotel und das wunderbare Personal. Angie war dankbar, an dem Film beteiligt zu sein, und erklärte, dass sie ein großer Fan der Arbeit der weiblichen Produzentin sei.

"Hat Helga die Natur unseres privaten Treffens erklärt?" fragte die Produzentin.

"Nein, nicht wirklich. Sie war ein bisschen vage darüber."

Die Produzentin nickte. „Wie Sie wissen, ist Helga eine sehr unorthodoxe Schauspielerin. Sie ist unglaublich talentiert und mag es, wenn Dinge auf eine bestimmte Art und Weise getan werden."

"Ich habe bemerkt."

„Das hast du bestimmt. Helga hat mir gestern Morgen von deiner Nacktheit erzählt. Das war sehr mutig von dir."

Angie errötete, "Nun, es hat funktioniert, oder?"

"Du hast Recht. Helga hat wieder eine hervorragende Leistung gezeigt und ich habe vor, so weiterzumachen."

"Sie scheinen sich diesem Projekt verschrieben zu haben."

„Das bin ich", sagte er streng. „Ich stecke Millionen von Dollar in diesen Film. Natürlich liegt es in meinem besten Interesse, dafür zu sorgen, dass dieser Film ein Erfolg wird."

„Macht sehr viel Sinn", stimmte Angie zu. „Ich denke, jeder macht einen großartigen Job. Es sieht so aus, als würde dieser Film wirklich großartig werden."

Sein Gesicht blieb ernst. "Lass uns zur Sache kommen, okay?"

"Okay."

"Sie haben wahrscheinlich bemerkt, dass Helga einen einzigartigen Geschmack hat."

"Wie was?"

Sie schärfte ihren Blick. "Muss ich es dir wirklich erklären?"

„Ich glaube, ich verstehe", erwiderte Angie kleinlaut.

"Gut. Nun, Helga braucht deine Hilfe für die heutigen Dreharbeiten. Und sie hat mich gebeten, dein Lehrer zu sein. Weißt du, was ein Fluffer ist?"

Angie sah für einen Moment verwirrt aus. "Nun, die scherzhafte Definition eines ' Fluffers ' ist eine Person, die an einem Pornoset arbeitet und die Leute zwischen den Takes geil macht? Diese Art von Fluffer?"

„Du hättest recht", sagte sie, ihr Gesicht immer noch ernst. "Und dafür brauchen wir dich heute."

"Ich glaube, ich verstehe nicht".

„Helga braucht einen Fluffer . Ich verstehe, dass Sie der Aufgabe gewachsen sind."

Angie erstarrte. "Ein Fluffer ? Für einen Horrorfilm?"

„Für diesen speziellen Film, ja. Es gibt eine Reihe von erotischen oder nackten Szenen und Helga hat die Hilfe eines Fluffers in Anspruch genommen . Ich meine, sie will dich für den Job. Offensichtlich wirst du für deine Pflichten bezahlt."

Es war ein Wendepunkt für Angie. Zu ihren Aufgaben gehörte bald, ein Angeber für ihr Idol zu sein. Sie dachte schnell nach. Die Zeit drängte, als die Produzentin sie mit einem scharfen Blick ansah.

„Das werde ich", sagte Angie fest.

"Und bist du dir da sicher?"

„Ja, das bin ich. Ich hoffe es. Ich habe so etwas noch nie zuvor gemacht. Und mit Helgawow . Das ist alles so neu für mich."

Der Produzent nickte. "Sehr gut. Wenn Sie sich entscheiden, sich zurückzuziehen, können wir immer noch einen anderen Fluffer finden ."

"Danke. Ich hoffe, es kommt nicht dazu."

„Nun, zu deinen Aufgaben, Helga hat mir gesagt, dass du relativ unerfahren im Umgang mit Frauen bist, richtig?"

"Stimmt."

"Aber du bist auch auf der neugierigen Seite, richtig?"

„Ja, das stimmt", antwortete Angie etwas verlegen.

"Was ist Ihre Erfahrung mit Frauen?"

„Hauptsächlich mit einer Mitbewohnerin vom College rummachen. Und wir mochten es, uns gegenseitig die Brüste anzufassen. Das ist alles."

"Du hast also keine Erfahrung mit der Vagina einer anderen Frau?" fragte die Produzentin unverblümt.

"Nein. Nur meins."

„Es ist eine ziemlich einfach zu erlernende Fähigkeit. Besonders bei jemandem mit bisexuellen Neigungen wie dir."

Angie errötete, „Das ist eine seltsame Art, es auszudrücken. Aber ich bin offen dafür, etwas zu lernen."

Jetzt knie dich hin, junge Dame .

"Jetzt?"

„Soll ich Helga noch einen Fluffer suchen ?"

"Nein, nein, nein. Das werde ich."

Angie kniete sich hin und die statuenhafte Filmproduzentin stand vor ihr. Es war eine einschüchternde Position. Zumal die Produzentin mit einem so strengen Gesicht so autoritär war.

Die Produzentin knöpfte ihren Rock auf und enthüllte ihre völlig nackte Vagina. Er war glatt rasiert. Seine Lippen waren dick und dunkelbraun. Drinnen war eine glitzernde Nässe.

Angie hatte noch nie zuvor die Muschi einer anderen Frau aus der Nähe gesehen und der Anblick machte sie sofort an. Sie war erstaunt über die nackte Muschi.

„Schauen Sie genau hin", sagte die Produzentin und deutete auf ihren eigenen Bereich. "Klitoris, Schamlippen, Öffnung. So einfach ist das. Helga genießt besonders die klitorale Stimulation."

"Ich auch."

„Gut. Du wirst genau wissen, was zu tun ist. Warum berührst du nicht meins? Ich gebe dir gerne meine Meinung."

Angie streckte die Hand aus und berührte ihre Klitoris mit der Spitze ihres Zeigefingers. Sie streichelte ihn sanft, fast eingeschüchtert von der Berührung einer anderen Frau. Vor allem eine Frau, die so streng war wie diese Produzentin.

„Das stimmt", sagte die Produzentin. "Ein bisschen stärker. Ein bisschen schneller. Hab keine Angst davor. Es beißt nicht."

Angie drückte fester und rieb ihn in kreisenden Bewegungen.

Die Produzentin fügte hinzu: „Sie haben ein hervorragendes Talent. Nun, Ihre Zunge."

"Soll ich es lecken?" fragte Angie fast aufgeregt.

„Bitte tun Sie es. Das gefällt Helga. Es ist meine Aufgabe, auf ihr Bestes zu achten. Jetzt fangen Sie an."

Angie streckte ihre Zunge heraus und leckte ihre Klitoris mit der Zungenspitze. Sie sah die ganze Zeit zu der weiblichen Produzentin auf. Während ihre Zungenspitze auf der Klitoris lag, bemerkte sie, dass die Produzentin endlich den Gesichtsausdruck veränderte und Anzeichen von Lust zeigte. Angie wusste, dass sie etwas richtig machte.

Dann bewegte Angie ihre Zunge um die Klitoris herum, was die strenge Produzentin zum Keuchen brachte.

"Ausgezeichnet. Mein Gott. Helga wird sich später sehr freuen."

„Das freut mich", sagte Angie und entfernte kurz ihre Zunge.

Wie ein braves Mädchen legte Angie ihre Zunge wieder auf ihre Klitoris.

„Mein Gott. Würden Sie mir einen Gefallen tun und weitermachen, bis ich fertig bin? Ich werde Sie anweisen. Ich füge Ihrer Schlusszahlung einen Bonus hinzu.

"Hmm ."

Angie leckte ihren Kitzler und drückte dann ihren ganzen Mund auf ihre Muschi, was die Produzentin zum Keuchen brachte.

KAPITEL XI

Später an diesem Morgen. Die Dreharbeiten sollten im dritten Stock wieder beginnen. Der Raum war voller Menschen, als das Filmteam die Lichter und die Kamera aufstellte.

Helga trug ein Nachthemd. Es war das Outfit, das ich für diese Szene brauchte. Die Schauspielerin verbrachte einige Augenblicke damit, mit dem Regisseur über die Dreharbeiten zu sprechen. Als sie fertig waren, zwinkerte die Schauspielerin Angie zu.

"Hat Ihnen die Produzentin alles beigebracht, was Sie wissen müssen?" fragte Helga.

"Alles und mehr ."

"Bist du nervös?"

„Definitiv", gab Angie zu. „Ich meine, werden mir alle beim Flusen zusehen ? Oder können wir das in einem anderen Raum machen?"

"Spielt es eine Rolle?"

"Es ist ein bisschen demütigend für mich, findest du nicht?"

Helga zeigte ihr charakteristisches verschmitztes Lächeln. Es war fast so, als genoss die Schauspielerin die Demütigung, die Angie empfand. Und sie machte keinen Versuch, es zu verbergen.

„Leider muss es in diesem Raum sein", sagte die Schauspielerin. „Ich werde im Bett liegen. Die Kamera wird auf mein Gesicht gerichtet sein. Die Idee ist, dass ich einen ungezogenen Traum von diesem nackten Geist habe. Um diese Emotionen richtig zu vermitteln, muss ich weicher werden."

Angie stimmte zu. „Also willst du, dass ich dich in diesem Raum voller Leute weicher mache, während die Kamera läuft?"

Helga nickte zurück. "Genau."

„Okay. Mein Gott. Wow. Das ist irgendwie peinlich."

„Sei nicht verlegen. Du bist auf einem professionellen Filmset. Überlege, wie viele Nacktszenen diese Crew gedreht hat. Glaub mir, es sind eine Menge."

„Das ist ein beruhigender Gedanke. Aber trotzdem, weißt du ..."

Helga dachte kurz nach. "Du kannst dich unter meiner Decke verstecken. Ich sollte sowieso im Bett schlafen."

"Danke. Das klingt machbar."

„Leg dich einfach unter die Decke und wärme mich auf, bis der Regisseur Schnitt sagt. Gib dein Bestes."

„Verstanden", sagte Angie mit einem leichten Gefühl der Aufregung.

"Freust du dich darüber?"

„Es ist interessant", sagte Angie in einem passiveren Ton.

„Sei ehrlich zu mir, Angie. Ich war immer sehr ehrlich zu dir."

Angie zuckte mit den Schultern und lächelte schief. „Ich kann ehrlich sagen, dass ich aufgeregt bin. Ich genieße die Erfahrung, an einem Filmset zu sein. Du bist auch wirklich schön."

"Findest du mich attraktiv?"

Angie wurde rot. "Wer nicht?"

Der Direktor kam und sagte dem Team, sich fertig zu machen. Die Dreharbeiten standen kurz bevor. Er gab allen letzte Anweisungen und sagte Helga, sie solle ins Bett gehen.

Doch bevor Helga sich für die Szene hinlegte, brachte sie ihren Mund kurz an Angies Ohr.

„Ich bin so froh, dass das passiert", flüsterte Helga. „Seit dem Tag, an dem wir uns trafen, wollte ich, dass du meine Muschi leckst."

Die Schauspielerin versetzte sich an seine Stelle, zwinkerte und lächelte, als sie sich aufs Bett legte. Sie bedeckte ihre Brust mit der Decke und tat so, als würde sie schlafen.

Angie war verwirrt. Im richtigen Sinne. Es war ein überraschender Kommentar seines Idols. Und es motivierte sie nur noch mehr. Als der Regisseur die Bühne bereitete, schlüpfte Angie unter die Decke und konnte nur die obere Hälfte ihres Körpers bedecken.

"Ach Aktion!" schrie der Manager.

Unter der Decke war es dunkel. Angie musste sich ihren Weg ertasten. Die Zeit drängte, während die Kamera lief. Sie versuchte, so ruhig und subtil wie möglich zu sein. Sie strich mit den Händen über Helgas Beine. Sie schob das Nachthemd hoch. Und da war es. Die entblößte Muschi ihres Idols. Helge. Die Frau, die er verehrte.

Ihre Hände berührten Helgas nackte Muschi in der Dunkelheit der Decke. Er war glatt rasiert. Wahrscheinlich gewachst. Er fühlte alles und berührte Helgas Lippen. Es war glatt und dünn. Er schmeckte ein bisschen und spürte, dass Helga nass war.

Angie lehnte ihren Kopf nach vorne und pflanzte Küsse auf ihre Fotze.

"Ein bisschen mehr Action bitte", sagte der Regisseur, als wäre er unbeeindruckt. „Ich brauche Gesichtsausdrücke, oder diese Szene sieht total beschissen aus."

Das war ein Signal für Angie, sich an die Arbeit zu machen. Kein Vorspiel. Zumindest nicht zum jetzigen Zeitpunkt. Verdammt, dachte er. Angie wollte Vorspiel.

Sie fühlte sich jedoch geehrt, eine so besondere Gelegenheit zu haben. Sie drückte ihren Mund auf Helgas Muschi und spürte sofort, wie sich die Beine der Schauspielerin (sehr leicht) zusammenpressten. Was immer er tat, es funktionierte. Angie presste ihren Mund fest gegen seine Lippen. Seine Zunge leckte auf und ab. Auf und ab. Sie leckte die Lippen und das Innere. Von Zeit zu Zeit bewegte er seine Zunge über ihre Klitoris. Es schmeckte himmlisch. Es war erst das zweite Mal, dass Angie die Muschi probiert hatte, und zu ihrem Glück war es die Muschi eines Hollywood-Superstars.

Die Beine der Schauspielerin zitterten ein wenig. Was auch immer Angie mit ihrem Mund gemacht hat, es hat funktioniert. Und es hat lecker geschmeckt.

" Ann Schnitt!" schrie der Manager.

Ein Gefühl der Enttäuschung überkam Angie. Ich wollte mehr ausprobieren. Vor allem wollte er sein Idol zum Abspritzen bringen.

Zu ihrer großen Überraschung warf Helga die Decke ab. Das gesamte Filmteam sah Angie mit ihrem Mund voller Muschi. Angie sah verwirrt aus und bewegte schnell ihren Mund.

„Die Szene ist bereit", lächelte Helga.

Angie setzte sich mit Flüssigkeit um ihre Lippen aufrecht hin. "Oh ... ähm ... großartig."

„Aber ich bin noch nicht fertig. Ich muss so viel abspritzen.

Als Angie den Raum absuchte, sah sie die amüsierten Mitglieder des Teams, die sie beobachteten und sehen wollten, was als nächstes passieren würde.

"Können wir das später machen? Ich meine, privat."

Helga beugte sich hinunter und öffnete ihre Lippen. "Jetzt."

Einige Mitglieder des Filmteams begannen, die Lichter und die Kamera abzubauen. Andere standen herum. Andere machten sich auf den nächsten Schuss gefasst. Angie fühlte sich unglaublich unsicher mit ihrer Muschi vor ihrem Gesicht.

"Jetzt?"

Helga nickte. "Ich liebe es, ein Exhibitionist zu sein."

Nach einem tiefen Atemzug senkte Angie ihren Kopf und legte ihren Mund wieder auf ihre Fotze. Diesmal war die Decke nicht da, um ihn zuzudecken. Diesmal war es im Freien, damit das gesamte Filmteam es sehen konnte.

Sie schloss die Augen, aus Angst, dass die Leute sie beobachteten. Wer würde nicht gerne sehen, wie die berühmte Helga von der neuen Assistentin verschlungen wird?

Es war ein schrecklicher Gedanke für Angie. Aber auf eine seltsame, exhibitionistische Weise war es aufregend. Am meisten freute er sich, wenigstens noch einmal einen Vorgeschmack auf Helgas magische Muschi zu bekommen. Sie leckte sich gehorsam die Zunge. Striche auf und ab. So wie es die Schauspielerin wollte.

„Schau mich an", sagte Helga.

Angie öffnete ihre Augen, um das lüsterne Gesicht ihres Idols zu sehen. Aus dem Augenwinkel bemerkte er auch mehrere Mitglieder des Filmteams, die zusahen. Es war demütigend, aber aufregend.

„Ich bin fast da", stöhnte Helga. "So nah. Hör nicht auf."

Mit einer neuen Intensität leckte Angie ihre Zunge noch fester. Sein Ziel war es, seinem Idol zu gefallen. Und sie war bereit, es zu tun, sogar vor dem Filmteam. Das Ziel war fast erreicht, als Helga unverhohlen weiter stöhnte.

„Zunge weiter reinziehen", stöhnte die Schauspielerin. "OMG..."

Angie leckte weiter schnell, während Helga ihren Kopf festhielt und dabei ihr Haar rieb. Die Schauspielerin stöhnte und stöhnte.

Die Schauspielerin stöhnte laut auf und Angies Mund füllte sich plötzlich mit einem Orgasmus, als Helga kam. Es war ein heißer, feuchter Orgasmus. Heiß genug, um die berühmte Schauspielerin erschaudern zu lassen.

„Meine Güte", seufzte Helga. „Die Produzentin war eine gute Lehrerin. Oder vielleicht bist du ein Naturtalent."

Angie setzte sich aufrecht hin und wischte sich mit dem Handrücken Flüssigkeit von den Lippen . Er sah sich um und sah, dass das Team zur Arbeit zurückkehrte, nachdem einige von ihnen zugesehen hatten. Es war peinlich, aber er versuchte, sich nicht darum zu kümmern.

„Was soll ich sagen? Ich bin ein People Pleaser", Angie errötete.

„Ich weiß. Und das liebe ich an dir."

Die Schauspielerin zog ihr Kleid herunter, um ihre neu befriedigte Muschi zu bedecken. Sie lächelte, stand auf und bereitete sich auf die nächste Szene vor.

KAPITEL XII

57

Später in dieser Nacht. Angie lag im Bett und erinnerte sich an die Ereignisse des Tages. Er wiederholte alles in seinem Kopf bis ins kleinste Detail.

Sie stellte sich vor, wieder die Muschi der Produzentin zu lecken. Dann stellte sie sich vor, Helga vollen Oralsex zu geben, während ein Filmteam zuschauen konnte.

Am Tag zuvor war sie eine lesbische Jungfrau. Aber als er in dieser Nacht im Bett lag, hatte er bereits Erfahrung mit zwei schönen Frauen. Einer davon war sein Idol.

Angie brachte zwei Finger zu ihrer Klitoris und rieb sie. Das Gefühl, Helgas Muschi vor allen zu kosten, war intensiv. Es war ein starkes Gefühl von sexuellem Verlangen, Lust und Erniedrigung.

Sie rieb und rieb. Während sie sich weiter berührte, fragte sie sich, was Helga als nächstes geplant hatte. Sie hatten ein weiteres privates Treffen für den nächsten Morgen geplant. Oh, die Möglichkeiten, dachte er.

Er wollte unbedingt noch einmal Helgas Fotze lecken. Wenn er Glück hatte, würde sich Helga vielleicht revanchieren. Aber das war angesichts von Helgas enormem Promi-Status zu viel zu hoffen. Aber ein Mädchen kann doch träumen, oder?

Und das war der Moment, als sie kam...

KAPITEL XIII

Früh am nächsten Morgen. Angie ging in den fünften Stock, um Helga zu sehen.

Die Schauspielerin sah frisch aus der Dusche aus. Ihr Haar war hochgesteckt und ihr Gesicht geschminkt, obwohl es noch früh war. Sie trug ein seidenes Gewand und war barfuß. Sie tauschten Smalltalk und Höflichkeiten für den Morgen aus. Doch als Helga eine Augenbraue hochzog, war es an der Zeit, zur Sache zu kommen.

„Du machst dich gut als meine neue Assistentin", sagte Helga. "Das freut mich. Nicht viele Frauen können die Aufgaben erfüllen."

„Schmeichelhaft zu hören. Danke."

„Ich sollte derjenige sein, der sich bei Ihnen bedankt. Der Regisseur hat mir alle Bilder gezeigt, die wir bisher gedreht haben, und meine Schauspielerei sieht großartig aus. Ich schulde Ihnen alles."

Angie errötete, „Nein. Ich kann dir dein Talent nicht anrechnen.

„Aber in diesen Filmen verlasse ich mich oft auf einen speziellen Assistenten. Besonders für die erotischen Rollen. Jetzt vertraue ich dir."

"Ich fühle mich sehr geehrt. Ich weiß nicht, was ich noch sagen soll."

„Angie, ich werde meinen Bademantel ausziehen und ich möchte deine ehrliche Meinung wissen.

Sie nickte langsam. "Okay."

Die Schauspielerin ließ ihre Robe fallen, um ein schwarzes Korsett zu enthüllen. Es ließ ihre Muschi freigelegt, zusammen mit ihren frechen Brüsten und kleinen braunen Brustwarzen. Auf ihrem Gesicht lag ein Ausdruck schwüler Zuversicht.

Angie fiel die Kinnlade herunter und sie war sprachlos.

"Naja, was denkst du?" fragte Helga.

„Du siehst ... wirklich heiß aus. Ich meine, wirklich heiß. Ist das für den heutigen Dreh?"

"Nein. Es ist ausschließlich für dich."

Angie sah verwirrt aus. "Für mich?"

Die Schauspielerin öffnete eine Schublade in der Nähe und nahm einen Umschnalldildo heraus.

"Angie, ich werde dich damit ficken."

Sie schluckte schwer. "Wirklich?"

"Ja, wirklich. Ich nehme an, du bist keine Jungfrau."

"Nein, bin ich nicht."

„Das wird sich fast genauso anfühlen", erklärte Helga. „Aber statt eines Schwanzes wirst du meinen Schwanz spüren, das ist dieser Dildo. Ich denke, er wird dir gefallen."

"Ich habe davon geträumt, dich wieder zu lecken."

Helga lachte. "Deshalb liebe ich meine Fans. Ich werde die nächsten 3 Wochen hier sein. Glaub mir, du wirst viel Zeit haben, meine Muschi zu lecken. Und meine Produzentin will auch wieder geleckt werden. Du hast einen talentierten Mund ." Aber jetzt will ich dich ficken."

Er beobachtete, wie sein Idol den Riemen um seinen Schritt legte. Der Dildo zeigte nach vorne. Angie schluckte schwer. Und sie war aufgeregt. Was auch immer passieren würde, Angie war entschlossen, es zu genießen. Ihre Muschi fühlte sich bereit an. Es gab ein Kribbeln zwischen ihren Beinen und ihre Brustwarzen verhärteten sich.

„Ich werde tun, was du willst", sagte Angie. "Ich bin für dich da."

Helga lächelte, „Ich weiß, dass du es tun wirst. Jetzt zieh dich aus."

Ohne weitere Anweisungen zu benötigen, begann Angie, sich auszuziehen. Sie trug einen einfachen Anzug. Jedes Kleidungsstück wurde entfernt und zu Boden geworfen.

Es war aufregend, sich wieder vor Helga auszuziehen. Es war einfacher, weil Helga sie schon nackt gesehen hatte. Und dieses Mal musste Angie nicht den Gang entlanggehen. Sie würden nur in der Privatsphäre des Hotelzimmers bleiben.

Als Angie nackt war, richtete sie sich auf und erlaubte ihrem Idol einen guten Blick auf sie.

„Geh zum Fenster", befahl Helga.

Angie ging zum Fenster des Hotelzimmers. Die Vorhänge waren offen. Die Straße zeigte Lebenszeichen, als die Menschen begannen, für den Tag zur Arbeit zu gehen.

„Leg deine Hände an die Wand", sagte Helga. „Beug dich vor. Aber bleib nah am Fenster. Ich habe das Gefühl, du bist ein heimlicher Flasher."

Klara gehorchte. Er beugte sich vor, legte die Hände an die Wand, blieb aber dicht am Fenster.

Ihre Beine waren weit gespreizt und sie spürte plötzlich, wie Helgas Zunge an ihrer Muschi auf und ab lief. Es war das erste Mal, dass eine Frau ihre Muschi leckte. Und es war Helga. Die Helge. Die große Berühmtheit. Ihr Idol leckte tatsächlich ihre Muschi!

Es waren mehrere lange Licks. Helgas Zunge drang in das Loch ein und wirbelte herum. Angie wünschte sich, dieses Gefühl könnte ewig anhalten, aber natürlich würde es das nicht. Es war nur für die natürliche Schmierung. Sobald Angies Muschi nass genug (und heiß genug) war, hörte Helga auf.

Dann spürte Angie, wie sich ihre Schamlippen öffneten und die Spitze des harten Sexspielzeugs zwischen ihre Schamlippen platziert wurde.

„Darüber solltest du glücklich sein", sagte Helga. "Ich mache dich zu einer Frau."

Damit drückte die Schauspielerin und das Sexspielzeug drang in Angies Muschi ein. Er trat auf einen Schlag ein. Plötzlich wurde Angies enges Loch auf Befehl ihres Idols gedehnt.

„Oh Gott", keuchte Angie. "Oh Gott."

Der Dildo wurde zurückgezogen, dann gab es einen weiteren Stoß. Ein härterer Stoß.

"Schauen Sie nach draußen. Behalten Sie die Straße im Auge."

Angie sah aus dem Fenster, während Helga härter und schneller zuschlug. Sie schrie wegen der intensiven Empfindung in ihrer Muschi. Sie war auch überwältigt von dem exhibitionistischen Gefühl, vor einem Fenster beansprucht zu werden. Sie war nur 5 Stockwerke hoch und die berühmte Helga fickte sie.

Sie weinte und weinte.

„Das ist es", sagte Helga. „Stellen Sie sich vor, von all diesen fleißigen Leuten beobachtet zu werden. Stellen Sie sich vor, sie wüssten, dass sie mir gehören. Sie würden wissen, dass Sie meine Unterwürfige sind."

Diese Worte jagten Angie einen Schauer über den Rücken, als ihre Muschi von dem Sexspielzeug gedehnt wurde. Ihre Zehen berührten den Boden und ihre Hände pressten sich fest gegen die Wand.

Helga benutzte eine Hand, um Angies zarten rosa Nippel zu kneifen und eine andere Hand, um Angies schmerzenden Kitzler zu reiben.

Es war vollkommene sexuelle Ekstase in Angies körperlichen und geistigen Sinnen. Das gute. Die Art, die einen Orgasmus auslöst.

"Meine Fotze!" Clara weinte. "Oh Gott! Meine Fotze! Das ... das ..."

Helga fickte härter. Er kniff fester in Angies rosa Nippel. Und rieb Angies Kitzler noch schneller.

„Lass es raus, Angie. Lass es raus.

Es war ein Orgasmus, den Angie nie vergessen würde. Ein Flüssigkeitsstrahl lief ihre Beine hinab und auf den Teppich. Seine Muskeln spannten sich an und er kämpfte darum, auf den Beinen zu bleiben. Sein Mund stand offen und sein Herz schlug schnell.

Als der Orgasmus vorbei war, hörte Helga auf zu stoßen und zog sich zurück.

„Dreh dich um", sagte Helga. "Auf den Knien."

Angie nutzte ihre verbleibende Energie, um zu gehorchen. Sie ging auf die Knie.

„Leck mich sauber", sagte Helga und bewegte ihre Hüften, um das Sexspielzeug zu schütteln. "Du hast ein Chaos angerichtet. Jetzt mach es sauber."

Angie fing ganz oben an. Sie leckte das Sexspielzeug, saugte daran und schmeckte ihre eigenen Vaginalflüssigkeiten. Dann küsste und leckte er Helgas Schenkel. Dann ihre Waden. Dann die Spitzen seiner Füße.

„Steh auf", sagte Helga.

Die Schauspielerin löste den Gürtel und warf ihn weg.

Als sich beide Frauen gegenüberstanden, näherte sich Helga dem Mädchen und küsste sie auf die Lippen. Sie tauschten den Geschmack von Angies Orgasmusflüssigkeiten im Mund des anderen aus. Es war ein leidenschaftlicher und energischer Zungenkuss.

Obwohl Angie sexuell erschöpft war, hatte der Kuss sie wieder zum Leben erweckt.

„Du bist für die nächsten Wochen meine Unterwürfige", sagte Helga. "Was ich will, das wirst du. Im Gegenzug verspreche ich dir die besten Orgasmen, die du jemals haben wirst. Ist das klar?"

Angie nickte und lächelte, "Sie gehörte dir vom ersten Tag an, als wir uns trafen."

Sie setzten ihre Umarmung fort. Ihre Arme schlangen sich umeinander und sie küssten sich weiter auf die Lippen.